旋转高度

罗　至◎著

黄河出版传媒集团
宁夏人民出版社

图书在版编目（CIP）数据

旋转高度 / 罗至著. — 银川 ：宁夏人民出版社，2017.11
ISBN 978-7-227-06789-4

Ⅰ. ①旋… Ⅱ. ①罗… Ⅲ. ①诗集—中国—当代 Ⅳ. ①I227

中国版本图书馆CIP数据核字（2017）第295223号

旋转高度　　罗　至　著

责任编辑　杨　皎
责任校对　赵学佳
封面设计　王　宁
责任印制　肖　艳

黄河出版传媒集团
宁夏人民出版社　出版发行

出 版 人　王杨宝
地　　址　宁夏银川市北京东路139号出版大厦（750001）
网　　址　http://www.nxpph.com　http://www.yrpubm.com
网上书店　http://shop126547358.taobao.com　http://www.hh-book.com
电子信箱　nxrmcbs@126.com　renminshe@yrpubm.com
邮购电话　0951-5019391　5052104
经　　销　全国新华书店
印刷装订　西安友诚印务有限公司
印刷委托书号（宁）0007225

开本 880mm×1230mm　1/32
印张 5.25　字数 150千字
版次 2017年11月第1版
印次 2017年11月第1次印刷
书号 ISBN 978-7-227-06789-4
定价 29.00元

目　录

卷一　灵魂书写录

卷三　风吹着后窗户

卷四　明媚的人

卷一　灵魂书写录

试衣录

我对衣服没有特殊的嗜好。恋旧
是我对它最好的报答。往往一件衣服
在几年里的同一季节，都会与我相伴。直到今天
妻子拉我去买一件新的，我仍是半推半就
到了商城，面对热情有加的衣服模特
我忍不住直冒虚汗。试衣镜里
那个装腔作势的人，那个
面目全非的人，那个莫名其妙
的人，让我丧失信心。妻子满腹狐疑
掂量着我试过的每一件衣服，说：“怎么
分量都比试前重了呢？”而我自己发觉
试过几件衣服之后，我的身体明显消瘦了许多
有些部位，甚至露出了骨头
妻子继续嘀咕：“这地方，一定有什么
不可告人的秘密。”
我一阵发怵，慌忙穿好旧衣服，与妻子
迅速逃离了商城

雨水录

作为一个雨水爱好者，我最大的愿望
就是在这小雨淅沥中踽踽独行。喜欢
不多的雨珠，顺着发梢滑下，悬挂在脸颊
像梦一样闪烁。偶尔的车笛
偶尔的犬吠，我都视为雨水的一部分
斑斓的部分，明净的部分，不假思索的部分
我知道享受的不止我一人。我的前面
那个著名的精神病患者，一边小跑一边打着手势
现在他是真正的王；我的后面
穿红衣衫的女子正与雨水交谈，现在她是
真正的后。而空气中，几只雨燕比赛速度
一次次飞出我的视线，一次次又来到我的头顶

回收录

手臂伸出的一霎那，你竟忘记五指是纯洁的
从没有沾染过破败的事物。已经很久了
你的心思游荡在千里之外，云水之间。此刻
你仿佛伸出的是一根青翠的枝条，一条春天的拨火棍
抑或一截呼吸的铁轨。你不知道
自己要回收什么，只是沿着街巷
你吼一声：收废品。声音将空气里的废品撞得
叮当响。你伸出的手臂，在空气里搅动，引发
一阵雷霆，此外一无所获。你很不甘愿
在千里之外，在云水之间，你固执的手臂
最后回收了，那放逐出去了整整一年的心思

纠结录

对于许多人和事，天晴时我健忘
天阴时我记忆犹新；醒着时我从不想起
睡着了一再出现。咨询过心理医生
诊断结果不能令我信服。你看现在是阴天
快下雨了，大街上仍然川流不息
每一个过往的人都让我看出他们曾经是我的熟人
此刻全部复活了，有的手舞足蹈，有的
行色匆匆，无一例外地让我察出
他们仍在干着老本行。你看现在已经下雨了
我回去吃饭、睡觉，然后梦见刚才见到的熟人
他们像活着时一样，继续和我纠缠
继续让我加入他们的老本行，我备受煎熬
直到自己在呼喊中醒来，直到碰到
另一个晴朗的天

惶然录

怪念头的出现，像白纸上忽然荆棘丛生
引发一阵惶然。记得年少之时
我把奇思妙想视为一种本领，并在同伴间
炫耀不已，用彻头彻尾的虚妄，换取
诚恐诚惶的钦羡。而近不惑之年
我沉重的身子，再也长不出轻飘的翅膀
过去的许多悬而未决的问题，紧紧捂在一口井里
不须有点滴水珠溢出。曾几何时
我变得像水泥墙面一样沉默，以致
让所有亲近的人痛苦，绝望。我一直为自我毁灭
而自鸣得意。可今天，那一闪而过的
几个怪念头，使我又一次陷入坐立不安
我不知，它们缘何而来，是不是我的内心
从来没有安静过，从来就是荆棘丛生

卡佛录

坐在大树的树杈上，他看着哗哗飘动的叶子
不知道自己属于哪一片。不管怎样
他要在水壶枯竭之前，向所有的叶子洒水
那些水珠在叶子上滑动，晨露一般
每一粒都使他产生幻觉。他干脆打一个盹
他梦见美利坚就是这颗大树，他就是伐木工人
利斧在手上闪烁，他一下一下
劈下去。木屑飞扬，众鸟喧哗
在大树轰然倒下的一瞬，他惊醒了
满树的叶子依然哗哗飘动，他发现
自己肯定是曲卷的那一片，正在变得枯萎
他这么一想，就彻底倒在树杈上。那年他刚50岁

梦幻录

梦幻主义者手里提着绳索，在河岸上
尽情狂奔。他说他要丈量河流，他要与
奔腾的河水比速度。在河岸的拐弯处
有一棵老树，被雷电劈了半个身子
梦幻主义者经过时，被它一把抱住
合二为一，成为一棵完整的树，并且被
那根绳索紧紧捆缚。这时河水上涨
汹涌两岸，老树卷入河流，正是
一叶扁舟，绳索正是一杆桨橹
梦幻主义者破浪高歌，进入梦的深处
后来他回忆说，他完成了自己，但
每次想起这个梦，他都庆幸自己确实醒着！

葵花录

你说一定有什么在葵花的头顶上飞翔，在金黄的
葵花地里，你指给我看，而我听到的是声音
而我接着听不到声音，我看到了影子
而我接着看不到影子，我只抓住了你
我不许你一瞬间走了样。你说如果
住在葵花的头顶有多好，那么一大片
我们在上面颤颤悠悠，多像幸福的蜜蜂
你的话又一次引来飞翔，引来声音，引来影子
我紧紧抓住你，我轻抚着你的肩胛
我不许你这么快就走了样，哦，我惊奇地发现
我自己也不知不觉地，已经走了样

铁道录

不错，我是一名杰出的铁道修理工，原因
很简单，我常常在梦里工作，梦里修好的铁轨
在梦外运行时畅通如初。这多年的手艺
滋长了我的自命不凡。更为不可思议的是
奔驰的列车能延续我的梦境，列车多长
我的梦就有多长。那天我的梦伴随列车穿越隧道
惊恐之余冲在前方，引领列车低翔了好一阵子
我最幸福的事，无疑是在阳光下眯起眼睛
看见梦里修好的铁轨，像无限延伸的梯子，虽然
看不清通往哪里，但我知道，它们
最少有一半，哐当哐当通向我的梦里

不解录

有的事情，谁的手能沾染呢？我是
愈来愈不明白，有的事情，我的手刚一碰
手背上就多出来一道皱纹，而且
随着年龄增长，碰撞的事情愈来愈多
皱纹也就愈来愈多。这双丑陋不堪的手
使我汗颜，我曾试着用刀子去除皱纹
结果去除之后，手继续接触有的事情
皱纹就变本加厉地生长出来。我知道
这双无药可救的手，只能使我更加难看
我真想剁掉它，让它远离有的事情
但我心里又明白，剁掉它除非剁掉我自己

风雨录

我正在经过一段不远的路程
我正在经过风，风安放了什么
我的身体变得凝重；我正在经过雷声
它顺手扬起锤子，往我脚趾钉钉子
我恍惚，呆呆站立了几秒钟；我正在经过
雨滴，它愈下愈大，我的双腿被灌了铅
像两把木桨在大海里慢慢划动
我正在经过喧嚣的大海，哦，大海
我沉溺在无边的想象之中
我正在经过骤雨初停，恰似一个
即将归来的水手，蓦然生出满脸胡须
让等待的亲人倍感陌生。哦，此刻
我正在经过那个形影单只的路人，他就是我
我们经过了一段不远的路程

沉溺录

站在天地之间，我一直小看自己
我一直看着我，拖着侏儒的身子
碰撞人间的软和硬，腹背受敌
因为低矮，我在风中尽情旋转，孤芳自赏
迎接扑面而来的飞沙走石。我做梦都在
画地为牢，吃饭，睡觉，撒野，并为
一只过路的鸟儿分神，祈求它留下
一片华丽的羽毛，结果落下一滴鸟粪
我做梦都对大地的漩涡，保持足够的敬仰
认为我是它的化身，同样的低矮
同样的自娱，与它一块比赛旋转的
速度，结果因旋转不止而崩溃。我一再
挣破梦境，拖着侏儒的身子
我一直看着我，它那么小，使我不得不
一再地小看自己

呼啸录

一阵莫须有的狂怒之后，我已经
心平气静。渐渐地，我的窗户轻微响动
声音越来越大。窗外的大风终于呼啸而至
空气中弥漫震颤和不安。我不由得乱想：
是不是我刚才的发飙引发了大风
是不是人怨引发了天怒，而呼啸
一浪高出一浪。我的脑海变得空白
仿佛世界是一只巨大的茧，我是躺在那里
不明事理的蛹。而我又一刻不停地倾听
是的，我听出了另一种声音
那不是大风在呼啸，那是另一种声音
在呼啸，是凌空在大风之上的另一种声音
在铺天盖地的呼啸

广袤录

我一直喜欢“广袤”这个词。在没有
彻底理解之前，我凭想象
为你造出许多句子。我说：床单是广袤的
我和你躺上去，有一种不着边际的感觉
我说：你的肚腹是广袤的，我躺上去
有一种波光粼粼的幻觉。现在，我虽然知道了
“广袤”的真正含义，但老是错用
我说：你的吻多么广袤啊，轻轻一下，仿佛
遍及全身；我说：你幸福的呻吟太广袤了
让我生出十二倍的力量，也难以抵达
记得有一回，我好像用对了，我幽幽地说
多年来，我想逃离你，可每次遍体鳞伤后
都回到你广袤的胸怀静静疗养。这一次
你百感交集，流下了无名的泪水

倾听录

我长期对鼾声深入研究，最终认为
睡眠的人其实都是醒着，他们常常
以打鼾声的方式发言。得出结论
如在一间房里，一个人打鼾声是倾诉
两个人打鼾声是交谈；三个人打鼾声是
热烈讨论；四个人以上打鼾声是说群口相声
怎样才能听得分明？我悄悄授以秘诀：
倾听的人必须半醒半睡，而且
要把房间想象成一口水井，把
每一个人的鼾声想象成正在打水的水桶
“可有时房里睡眠的人，也并无
鼾声呀。”我继续解答：
那是井里没有了水，变成了听筒
所有睡眠的人，都在静静地，倾听——

眺望录

左边的是一片黄色，右边的是一片绿色
泾渭分明，不须多余的辨识
站在十六楼办公室的窗口，极目这座城市的
郊野，两种颜色一览无余
只是不清楚，黄到底是什么黄，绿到底是
什么绿。我不止一次想象过
两种颜色像两种反光，映射出城市
暧昧的一面和鲜活的一面；也不止一次想象过
两种颜色是我在春夏季节抛出的两张图片
到了秋冬季节我会一一收回
曾经，我试图给两种颜色进行命名
但每每站在十六楼办公室的窗口
眺望：却找不到合适的词来表达

恍惚录

是不是患病呢？上班途中，恍恍惚惚
挤在公交车里，发现满车的乘客
露出似是而非的笑容，仿佛一下子
看穿了我。我强作精神，向所有乘客
点头、鞠躬，证明自己是健康的人，可大家
仍笑得意味深长。前排的小伙
起身让座，我婉言谢绝；后排的姑娘
满目怜悯，我羞愧难当。为了保持内心平静
望着车窗外，大街上川流不息的人群
都在笑逐颜开，我一阵心虚，他们这是
针对谁呢？我汗流浃背，哦，一条受难的鱼
在河流里挣扎，试图寻求一种慰藉
站点到了，我被公交车泼在了单位门口
长长吐出一口气，那样子，就是一个
刚刚问诊罢的病人

光亮录

我常常醉心于芝麻般大的光亮。多么安详
多么恬淡，既是尘世的一粒，也仿佛
世界的全部。它肯定是活着的
我俯下耳朵，倾听它平缓的呼吸
它肯定有话要说，我贴上耳朵
倾听它喃喃自语，不愤世，也不嫉俗
却有一种震撼心扉的力量。它肯定
拥有温暖的体温；它肯定
能医治我的伤痛。我立足
向它深深鞠躬，命令自己的影子：
“请举起手，请向这小小的明媚致敬！”

生日录

昨天是我的生日，今天是你的生日
两天的时光，我们一直在河流上泅渡
我们，兴奋于水花四溅的欢乐，共同扯起一面旗帜：
让细浪梳理中年
我们曾经太沉闷了，你在河流中
一次次幸福的哭泣
丰富了流水的内容，也加剧了流水的速度
我们不想挽留什么
但我们挽留了自己，我们来到岸上
打量着彼此的水淋淋的身体
惊讶于从来没有发现的亮
你忽而有些伤感，埋怨造物主的不公
而我也愤愤不平——
亲爱的，凭什么是这样，我比你大一天？
今天是你的生日，昨天是我的生日

颠倒录

我还是对你毕恭毕敬的。岂料你
伸出巨手，紧抓我的双脚，一下子将我
倒提起来。我一边挣扎，一边听你狂笑不止：
“你们颠倒了，我才看着顺眼。”
是什么样的心胸，让你制造一起又一起
颠倒的事件，让你把是看成非，把白
看成黑，让你的眼睛彻底变异？
我颠倒着，双脚被你攥在手里，在半空中
不停地责问，只听你说道：“你这只
鸡娃子，认命吧。”我现在的情状
比一只倒提的鸡娃子还可怜，我奋力
寻求挣脱。在挣脱的一瞬，我唯一的希望
就是让你制造的颠倒人生，掷地有声！

导游录

导游小姐带领我们周游大好河山。一路上
她反复做着同一个动作：吹气球
吹好一个放飞一个。兜里的气球仿佛取之不尽
作为游客，我的梦想首先是牵着气球飞行
遍览无限风光；其次是乘坐气球飞行
鸟瞰芸芸众生。导游小姐说自己就是
充气最足的气球，我们牵着她，乘坐她
就会一路顺风，满载而归
“那可破裂了啊！”事实证明，担心是多余的
导游小姐这个多彩的气球，使每一个游客
飘飘忽忽，梦里不知身是客。而她
最终成为，每一个游客眼里唯一的看点
旅行完数日都挥之不去

暗示录

一杯水，我喝了一半，另一半
置于桌子上。一支烟，我吸了一半
另一半，置于烟灰缸的烟槽。你从我的
动作里，看出一种什么暗示，你忽而
焦虑不安，反复搓着手背，不知自己
是否做错了事；忽而试探与我交谈
欲言又止，一副无所适从的样子
等我绽开笑颜，你比我笑得更快，整个
手臂都在抖动。其实我已看清了
你的窘态，只是我喝水、吸烟，一系列
自然动作，真的并没有什么暗示
你看现在，我拿起杯子，喝完了
剩下的另一半水；我翘起双指，吸完了
剩下的另半支烟

飞翔录

那天我经过大街，看到红男绿女群里
有一个人展开臂膀徐徐升空，样子就像
牵在谁手里的风筝。所有的人都没有在意
我碰了碰擦肩而过的老者，准备告诉这一发现
岂料他伸出食指，嘘了一声，意思是千万
不要声张。我环顾四周，行人平静如常
那个升空的人开始在大家的头顶盘旋
他不发出一点声音，随着旋转的速度
越来越快，他的身影渐渐模糊不清
我一阵眩晕——一种身不由己的感觉
这时龙卷风就地刮起，人群里的呕咳声
响成一片。风过去后，一切恢复原样
那个升空的人已失去踪影，街头响起警笛声

养花录

办公室养着四五种花卉，除了吊兰
其他我叫不准名字。奇怪的是
不管我的态度怎样，它们一律茂盛
该泛绿的泛绿，该开花的开花
我每周只浇一次水，有的
半月才浇一次。见过的人都羡慕我是
养花的命。十一月的天气
窗外寒气上升，窗内阳光融融
花朵常常使我忘掉季节，常常使我
坐着失神。那盆吊兰使劲疯长
长长的枝叶从高处吊下来，转头
连接住我的办公桌。朋友开玩笑说
“花心的人才能养花。”

斜线录

我从不惊讶于你站立的那一位置。你以为
你已经隐身，没有人看见你，是的
也许除了我，确实没有人看见你，更为
不可想象的是，我和你从不在一条直线上
我怎么看见你？此刻，我可以告诉你
我微微侧身，就和你在同一条斜线上
我看见你，像导弹投向你那么准确，像
飓风扑向你那么准确，像烈日撵向你
那么准确，而且，你感觉到没有
我在斜线这头，你在斜线那头，我们
把大地当作跷跷板——这里有一个秘密
不妨告诉你，你刚才不小心
摔的那个跟头，就因我跺了一下脚
轻轻那么一下，你差一点就摔进我的怀里

回忆录

许多往事，忽然间在眼前闪现
仿佛风吹骨缝，不由得
让人抖索。在以往的年份里
我扑腾的声音，常常成为
人们的街谈巷议。我却像
猴子掰包谷，接二连三
扔掉精彩的和晦暗的部分
一直保持轻装上阵的姿势。而
记忆里的我，大大小小的我
终于耐不住寂寞，活脱脱
蹦出来，在我的掌心翻江倒海
我打量他们，怜悯他们，但
有几分不快。我担心
自己一怒之下紧攥拳头，又心想
看样子，他们好像比我有更多的怨气

奇怪录

这个奇怪的人，他走路时
臂膀笔直下垂，左右手指随着脚步的
节拍，反复地、不停地向下戳
均匀的动作，让人想到机器的部件
他躲避车辆的样子——一边原地踏步
一边手指不停地向下戳，口里还
念念有词。他买了一瓶矿泉水
用一只手喝水，另一只不停地向下戳
仿佛在跟谁永远较劲。后来我才
知道，他刚会走路时就是这样，为此
他的手臂也练得比别人的长。这个
奇怪的人，你仔细看——由于
一直不停地向下戳，他的所有手指
都被上升的地气碰伤，包扎上了
一层层胶布，像一群戴孝的娃娃

嘀咕录

骄人的寒气。他这么嘀咕着，只身
从巷南继续走向巷北。他呼出一口气
巷子一下子变得软绵绵的，仿佛飘起来
他也跟着飘起来。是的，骄人的寒气
他又嘀咕一句，一条耷拉着尾巴的小狗
迎面经过时，站住瞧了他几秒钟
缩着脖子跑开了。没有其他人
他有一种在冷水池里游泳的混乱的感觉
啊啊，骄人的寒气，他仍在嘀咕
他忽然听到巷子的墙壁上，嗡嗡回荡着
这声音，不错，这声音成为一股气流
推动着他，迅速靠近巷口

广场录

你信不信，每天我的任务就是
收集脚印，我把这些脚印分别归类，其中
最昂贵的是孩子们的脚印，那是
黄金脚印；你信不信，在我创办的
脚印橱窗里，只要注意倾听
就会有各种脚步声，尤其那对恋人的款款细步
让我这个不知什么是爱情的人
彻夜难眠；你信不信，我是居住在
广场下面的人，隔着水泥地板，我用
铁夹子，取下一个个脚印，薄薄的脚印
一个月才能收集一斤，但我
乐此不疲，哦只需颠倒一下位置，我则是
唯一生活在上面的人

对话录

窗外屋顶上的积雪，透过玻璃，与
窗内的书柜相映成趣。也许，它们已经
达成了某种默契，不管我有没有
接受的心情。这是上午九点钟开始的
事情。之后雪越来越亮，发着耀眼的
白光，书柜也越来越亮，发着耀眼的
白光，这时已是正午十二点钟
我有些恍惚，有些晕眩，好长一阵子
都是如此。直到喝完第六杯茶后，正好
到了下午三点钟，茶杯的影子渐渐
改变着图案。我望出去，积雪消融
殆尽，而眼前的书柜好像刚刚擦洗过的
散发出雪一样的气息，鲜亮如初

卷二　旋转高度

黄金高度

你只好把它放置在心灵里。你还小
心灵的空间像一首童谣，赤足的黄金
一边歌唱一边流浪，还没有成为
一块真正的金子。你只好把它
遗落在民间。在月光下，黄金
和谷禾一块生长，饱满的谷穗向尘世
透露金黄的分量，曾几何时
黄金也镶进老虎的眼睛。你只好
把它藏匿在身上。黄金医治好了
你体内世代相传的顽疾，你能够
鹤发童颜御风而行，而黄金之重
又让你品尝到少有的苦头。你
只好把它带入天堂。天堂在哪里
是不是有一座黄金大厦？你不知道
但你明白，黄金去的地方，就
一定是你最终应该去的地方

球的高度

与对面那人打一场漂亮的球
采用什么球拍？用杨树叶拍子，还是
用仙人掌拍子，你困惑很久
看哪！球高高地飞过来了，让你
猝不及防，甚至来不及选择
杨树叶或仙人掌
你情急之下，扯出一片梦境做拍子
把那球，高高地回敬给对方

河水高度

——童年故乡纪事

这一次无定河河水暴涨
这一夜强娃兴奋得没合一眼
这一回终于可去捞河财了
这一回最好捞到一棵连根带叶的大树
这样爸爸的棺材就有了保障
这强娃的运气还真一般
这一晌午就捞到一棵连根带叶的小树
这小树不够做爸爸的棺材
这强娃还真不甘心
这河里又冲来一棵粗圆的，而且
这可是连根带叶的大树
这毛狮子怒吼着
这强娃一下扑过去
这身子瞬间被河水卷走
这强娃再没有回来
这最后，爸爸到死也没有准备好棺材

声音高度

我说这声音还小，刚满五岁
你说这声音十二岁了，也许更大
我说现在确信，这声音二十五岁
你说肯定不对，明明三十岁不止
我说没有错，声音迈进四十岁
你说判断失误，它已五十岁有余
我说声音渐老，六十岁，不，七十岁
你说老倒老了，八十岁，不，九十岁
我说这是怎么回事，你说越听越糊涂
我说这声音好像刚刚诞生
你说确实是呱呱坠地时的啼哭

青草高度

这是一片城郊的青草地。青草地的
左边是几堆坟包，右边是几间民工房
青草成为二者唯一连接的部分
一阵煦风吹过来又吹过去
一只蝴蝶飞过来又飞过去
它们保持了相互的默契
也保守了各自的秘密。而两边的居住者
早已习惯了这种温暖的传递。有时
在早晨或黄昏，他们静静地对望
仿佛彼此有话却压在了心底
那天青草的叶上挂满了晨露，一定是
左边坟包里的人，为右边重残的民工们
流下的同情的泪水

相遇高度

我本来是要与那棵树相遇的。我已想好了
见面时该说的话语，但怎么遇见了你
你是一块石子吗？我觉得似是而非
你是一只兔子吗？我觉得匪夷所思
但你终于开口了：你是那棵树的影子
影子不动时是石子，影子移动时是兔子
但那棵树在哪里呢？那棵树在哪里呢？
与那棵树的影子相遇，我也变得影影绰绰
一会儿是石子，一会儿是兔子

田野高度

为什么，我们相互在对方的眼睛里找到了田野？
我们在对方的眼睛里发现了花香与鸟语。
我们在对方的眼睛里看到了绿。
我们在对方的眼睛里听到了流水的声音，你说
我们在流水里玩耍吧。
为什么，田野会在我们的眼睛里？
而我们的眼睛在哪里？
而我们在哪里？我们走到了这里。
你说，别提分手的事呀，田野就要从我们的眼角
掉下来了。

真相高度

因为对季节特别敏感，我
一直怀疑自己的出身
那天，和我一起争吵的人
忽然掉头，朝树林走去
他说他要邀请一只鸟，来
啄掉我。那么他确已看出
我真的是一只昆虫？

七月高度

喷泉的池沿坐着互不相干的人
这些郁郁寡欢的人
微风凝固　树叶失色
喑哑的声音没有半点水分
喷泉喷出来后
这些人仍然一动不动
仍然一动不动
远看这些人像鱼缸里一圈静态的鱼
这时变得五颜六色起来

目光高度

从窗口望出去，这段路不足二百米
护栏严实，草木相映
车辆畅通无阻飞奔来去
车辆从来没有在这段路停顿过，从来没有
而这段路的两端已被高大建筑物遮蔽。两端的车辆
以及乘坐的人发生过什么事，不得知晓
还有猜不透这些车辆的终点站会在哪里
此刻该说的是这些车辆倏忽而过，以致
我的目光，连同想象也随之而去

节日高度

节日在天空中翱翔。它奇怪有无数颗气球
一直在左右浮动，它已嗅到了气球散发出的
甜甜的味道。不时有鞭炮声，清脆，洪亮
悦耳动听，令它产生不可遏制的快感
此刻，它低下头，惊讶万分，地面上
有那么多的彩旗，迎风飘动；有那么多的人
熙攘往来。它这才发现，今天不是
庸常的日子。它回旋地飞，越来越多的事物
吸引着眼球。它一个漂亮的滑翔，蹲在
城市最高的大厦顶上，下面多么热闹，那些
玩耍的小孩子多么欢乐。而它太孤独了，怎样
才能成为下面的一员呢？它冥思苦想，还是
硬着头皮往下闯吧，又一个漂亮的
滑翔，它，悄悄地混迹在了孩子群里面

传记高度

他俩躺在各自的海岸上。用咸咸的
海水，洗濯伤口；用一两声
海鸟的鸣叫，把体内的淤血
一点点啄出来。只是，他俩不知
该怎样，迎接那越来越逼近的海风

露水高度

急切地寻找。前面是一片玉米林
绿色的城郊，在晨光中透亮。露水
打湿了他的裤脚，她的裙边。玉米林
中央，有一小块空地，长满了
不及盈尺的青草。他们站着接吻
彼此的手指，很快进入对方
她开始轻叫，跌倒在青草丛里。他
俯首喘息，一点点崩溃。青草狂乱
露水震颤，绿色不顾一切地汹涌
布谷鸟的声音第三次传来，他和她
站了起来。衣服湿透了，晨光中
他们更像一对蜡像。远处市中心的
鞭炮声，仿佛一种召唤，而眼前
青草使劲地疯长，露水使劲地闪亮

秘密高度

你添加了我的微信，你的微信却删了许多内容。
这也许是你的秘密，但构不成对我的秘密。
在你朋友微信的朋友圈里，我早已偷看过你的秘密，
只是，你以为我一无所知。
还好，我习惯了你仅仅向我一人保守自己的秘密。
正如我习惯了你问："我今天好看吗？"
你仍然保守一个秘密：好看是打扮出来的。
但我不会马上说穿。
你保持了平静，白云擦过蓝天时的平静，
但蓝天还是原来的蓝天吗？白云心里有秘密。
我接受了你的微信。你删除的内容也正是我
不想再次看到的：这是我的秘密，和你的秘密，
成为我们相互不愿摘取的星辰。

夏日高度

窗口忽然穿进一丝凉风，皮肤特别舒服
于是光着膀子站在窗口
体验这看不见摸不着带来的惬意
凉风不绝如缕，如凉凉的水丝
把我牢牢缠紧。我仿佛离开地板
悬浮在窗口。我不由自主摇晃
动作由慢到快，直至我的身上也
送出了丝丝凉风。整个屋子凉快了许多
整个的我在这个夏日，终于做了一件
对得起自己的事

梯子高度

我的习惯，书房里的梯子很熟悉了。
爬到最高一阶，从书架抽出一两本陈旧的书
翻身坐在梯子上，一读就是一个上午。
渴了下去喝几口，再继续上去。
这种姿态已成为我和梯子之间建立的关系。
有的上午我坐在椅子上读书，但时不时用眼睛
朝梯子扫过去，好像对不住空荡荡的它。
而下午在椅子上读书就没有这种感觉。
而下午的梯子，笼罩在淡淡的书香里。一定是
上午读书时，我有意给它留下了东西，它在
充分享受拥有的快乐，还有说不出来的小秘密。

启事高度

刚才谁乘的6号电梯？
乘电梯时带着一把钥匙？
钥匙不小心掉在电梯里面？
电梯停下以后径直走了出去？
不要紧，我拾到了钥匙，
——来我这里找。

飞行高度

想想看，你的身边坐着我
在机舱里，这算不算一种高度？
问题是我俩有没有觉得眩晕？
真实情况是，你在蓝天间穿行，我
呆在家的书房里，读一本关于
在云海里飞行的书，故事本身惊心动魄
读了一半就停下了。我想你也在翻看
机舱里提供的小报刊，如果幸运些
说不定能翻到诗歌，（这有什么不可能？）
其中有你写的或我写的。这样的想法
的确非常美妙，以致我擅自打算，让想法
继续下去，不管你是否同意……今天
是你出行的归程，我不希望你这么快的
回家。我又打开那本书，飞机冲过了云海
在蓝天间穿行，女主人公睡得很香
成为最后一个离开机舱的人。这多像
一部浪漫影片里的长镜头。那么
你现在的情况如何呢？电话铃响了
你的声音传来：马上就到了家门口

潮水高度

——致 M

一个人静坐时，他反复变换
手掌的形状。叉开五指，是
梳理她头发的形状；弯成半圆
是抚摸她乳房的形状；伸出中指
是探入她肚腹的形状……
他在亢奋中昏昏欲睡，直到
手掌渐渐下垂，直到看见她
破梦而入，直到手掌再次荡起
幸福的潮水，将他彻底淹没

白云高度

有多少白云，滋养我疲惫不堪的
内心。又有多少白云，让我
脱身而出，找寻暂时的栖居。
当我展开空荡的双臂，白云
毫不吝惜自己；当我大声哭泣
白云啊，低低地，低低地，盖过大地。

猜测高度

挑了略旧的花生米和葵花子
挑了微皱的小樱桃和甜瓜
外加两瓶简装的酸奶
他要在家招待女友和她的闺蜜
他不想买太贵的同类食物
女友一个人来的话或许不是这样
但谁让她不是一个人来呢
女友的闺蜜他从未见过
她的容貌如何，身段如何
这真令他猜测不已
如果确实比女友长得好
那他刚购回的这些降价的东西
会不会有损男子汉的颜面呢
只一瞬间，他又变得忧心忡忡
生怕女友拉着闺蜜的手
笑呵呵地推门而入

眼睛高度

在列车上的一次募捐活动中，我
仅仅是一个乘客，埋首于阅读
对正在宣传的内容充耳不闻，仿佛已
习惯了麻木。这时，一双眼睛
我看到书本上圣卢西亚诗人沃尔科特的
一双眼睛，深邃，明亮，以及
无以名状的忧郁。他在盯着我，他在
死死地盯着我，哦，我不由得战栗
我慌忙避开他的目光。而此刻的
募捐活动，又进入了新一轮高潮

火车高度

早晨，火车行驶的声音。一如既往地
它把我从床上催醒，它让我从
窗口跃出，飞奔一百米
而后又返回床上……因隔着一道土坡
上面种植一大片庄稼，我从未望见
火车的身影。但真的是这样
它每次经过时都呼唤我，还把貌似
一列火车的小毛毛虫，放在了我的床头

正午高度

正午时刻，我徒步去理发店。
阳光刺得双眼朦胧。
浑身有一种大热天披着雨衣的感觉。
头发告诉我：它这会儿会成倍地生长。
两只腿怎么也迈不开阔步。
人们躲在自己的衣兜里乘凉，
浅唱低吟：与一朵云去远方。
我偶然伸手，好像有什么落入掌心，
我想这也许不是一滴雨。
理发店门口，头发以风的速度开始飘扬。

夜的高度

我是夜空下的一把尺子
我竖立
我在测量夜的高度
我一定是触动了什么啊
夜鸟的叫声
又把
夜的高度增加了一寸

情节高度

我看到我在大街上吐了一口痰
我看到清洁工投来疑问的目光
我看到我的嘴唇似乎说：你不清扫谁清扫
我看到清洁工弯下了腰
我看到清洁工处理了痰迹，十分认真
我看到大街上行人来来往往
我看到没有谁注意到这个情节
我看到清洁工转眼不见了，带着工具
我看到我迈出去的步子忽然收回
我看到我在原地静立一分钟
我看到我，一个静立的人，汗流浃背

旋涡高度

你奔走五湖四海，而你的腿，怎么
几乎不动；你买下整条大街，怎么
没有付出一文钱，（仅仅使用了名声？）
你想抛弃所有，但一觉醒来，怎么
身边仍是琳琅满目；你孤独，怎么
从早到晚，门庭若市。你在办公楼里
品着茶水，想起家乡的老井，怎么
怎么忽然间泪如泉涌——

视线高度

她们三个离开他的办公室，在楼梯
拐了几个弯，从大楼门口出去了
他站到玻璃窗前，看着她们走在路旁
一辆出租车驶来，妻子给司机嘀咕了
一句什么，那辆车开走了；又一辆驶来
大女儿凑近说了句什么，那辆车
也开走了；第三辆驶来，小女儿
径直打开车门要上去，被姐姐拉住
这时妻子好像给司机说“对不起。”
接着，她们三个朝前走了几十米，在
公交站牌下，等上了驶来的公交车
只见妻子把两个女儿推进车门，然后
一只脚踏上车的踏板，没能站稳
摇晃着掉回地面，两个女儿用力将她
拽上去，随即车门就啪地关了。一瞬间
他，这个玻璃窗前偷看的男人，泪流
满面，随着公交车缓缓远去，他的身体
轻飘飘浮起来，被彻底地抽空了

喜鹊高度

喜鹊的叫声总能带来喜悦。
儿时我家院里的大榆树上，喜鹊的叫声
使整整一天都变得喜气洋洋。
有一个下午，一只喜鹊落在墙头上叫了几声飞走了
骑自行车的邮递员在大门口举着我的大学录取通知书。
多少年了，一直想再遇见一只，两只，或三只喜鹊
在乡下采风时，也老想着喜鹊，但很难碰到。
奇怪的是今天在办公室的窗外我听到喜鹊的叫声了
我望去，树木上并没有喜鹊的身影，但那的确是
喜鹊的声音，多么真切，我的内心充满了喜悦。

纪念高度

顶着雨水，母亲买回了早点
进门时带着一股清凉，地板上
落下几粒小雨点。而油条冒着气
豆浆冒着气，还有她也是热乎乎的
我看到，我的绿萝在鼓掌
我的小狗在致敬，我的写作室里
一个我笔下的伤心的儿子，终于
按时吃上饭了。我想在她的怀里暖暖身子
可我又看到，母亲一转眼就
走在了墙上，她的笑貌里，分明有
几粒小雨点在眼眶里打转
但怎么都落不下来

卷三　风吹着后窗户

母　亲

那个生我的人
生下我不久就死了
死得那样固执
死得那样绝对
三十年后
重新安葬她
当我和家族的人
从掘开的黄土里
见到她的骨头
白花花的骨头
我异常平静而没有眼泪
看了看四周
冲着骨头
我只低吼了一声
——母亲
所有在场的人
惊愕地发现
原来我也曾
有过母亲

又一场八月之雨

田野里，绿色时光被八月之雨洗得发亮
在雨停顿的间隙里，燕子奋力向下俯冲，旋即
又弹向空中；蜻蜓一直轻轻滑翔，追逐
无名的悲哀的虫子。我听到远处的杨树林传来
鸟的叫声——是什么鸟呢——清脆中带着洪亮
我的身体开始响动。我试着用铁锹挖掘田垄
只一瞬间，我身体内晃荡的雨水忽然决口
汹涌而出，与万物形成经久不息的合唱

关闭车门的声音

我听到停车后关闭车门的声音从另一座城市传来
我听到停车后关闭车门的声音从由远到近的国道服务
　区传来
我听到停车后关闭车门的声音从我居住的市中心传来
我听到停车后关闭车门的声音从前面的新华街传来
真的，我听到停车后关闭车门的声音从楼底的门口传来

忽然间，我的楼梯出奇的静
忽然间，我的房间出奇的静

新鲜的，陈旧的

用一秒钟暗恋墙面上的叶子，发现
那只是一记老去的手印
将墙进一步推倒，分散的手指
直戳五个虚幻的方向
直戳的我浑身疼痛
哦，重新垒好墙壁吗
为时已晚，分散的手指
以坚硬的力量，使我陈旧的皮囊
再一次露出新鲜的伤口
再一次变得体无完肤

在睡梦中

在睡梦中，我一车一车发运货物
这些包装严实的东西，这些神秘之物
在我的指挥下，在小雨淅沥中悄然启程
缓缓消失在暮色里。在睡梦中
我仔细统计运送的东西，我发誓将它们
统统处理掉，不留任何痕迹……但我
总是在睡梦中惊醒，慌忙伸出手掌
一一抚摸，身边亲爱的事物

练　习

四月的雪水，渗入骨缝
有一种不合时宜的冷，但他
甘之如饴，试图掌握
空中取暖的本领。他把
道路竖起来，又把高楼横下去
如此反复，直到图纸变得
坚硬而不近人情。他梦中发笑
声音仿佛哭泣，一觉醒来
床上堆满积木。他在
自己的影子上，涂满色彩
让它以他的面目，参加
沸沸扬扬的聚会，而他的一只
手臂，探入到深深的湖底

家庭妇女

她们八个
卸下围裙，浓墨重彩
给整个大众舞厅
传染厨房和油漆的
味道
她们嬉骂
间或尖叫
相互给膨胀的年龄
浇灌绿色果汁
她们八个，刚好
四对
拒绝他们的邀请
只是其中一个
去洗手间了
另一个
羞羞答答地
与他们中的一个
翩翩旋转
一只鞋子

一不小心

抛在了舞池中央

召 唤

以为是一层雪。用脚掌踏试
原来是厚厚的月光铺在街面。白得有些吓人。
清晨的寒冷彻骨，我深深呼吸
竖直毛领。大街拒绝其他人
却接纳了我。我拒绝其他声音
却宽容了自己的脚步。到哪儿去？
我在街心忽然犹豫不决：也许是
早起的习惯，也许去晨练
也许仅仅为了一种莫名的召唤。

秋天的咆哮

他偶然发现，这个阴郁的秋天
河水在自己额头的皱纹里咆哮
搅得日夜不宁
他还发现，一个人的时候
渴望钻进额头的河水里游泳
像一条求偶的鱼，吹着泡泡
但更多的时候，他梦想关闭水闸
然后挥舞着长长的铁锹
清除淤泥，加固河堤

公交车上

公交车一如既往，乘客
一如既往，我拨着手机短信
被挤到最后一排。我拨着手机短信
仅仅发射出一个字，我计算
那个字奔走的长度，三公里四公里的样子
我担心，它会不会遇到阻力
反弹回来，我也担心
车窗外的冷雨将它淋湿，或者
暴力者的子弹将它击落，我同时
感到车厢里的吵闹都是谋算它
我忽然对所有乘客充满恨意
我不能再坐下去了，我叫停
就在下车的一瞬，听到手机发出
一阵水声，哦，瀑布终于有了回音

要一根绳子

要一根绳子
要一根千里姻缘一线牵的绳子
要一根让小学女生边跳边唱的绳子
要一根紧系情人发辫的绳子
要一根像炸药导火索一样燃烧的绳子
要一根拉紧裤子干革命的绳子
要一根该出手时就出手的绳子
要一根令腐败分子转眼间四肢枯萎的绳子
要一根绊不倒关羽赤兔马的绳子
要一根够不着厌世者脖颈的绳子
要一根测试灵魂的绳子
要一根上下五千年的绳子
要一根绳子

没有明显的雨

一

我在毛毛细雨中打着哈欠
走过来是七步，走过去也是七步

二

口里吐纳着烟圈
对路人怀有不满
试图用虚幻之手
扯开天空的闪电

三

一个夏季就这样过去了

四

没有明显的雨，把我淋成落汤鸡

没有明显的雨，将身上的污秽取走
没有明显的雨，让雨迅速变为雨

注：“走过来是七步，走过去也是七步”系捷克作家伏契克语。

是道路看见了不平

事情有些蹊跷
昨天修好的道路
仅仅一个晚上
就变得凹凸不平
连续跌倒了几个晨跑者
还熄火了几辆小车
围观的人议论纷纷
各种猜测此起彼伏
只有晚上躺在路边的
那个流浪汉
露出不苟言笑的表情
仿佛隐藏着
深不可测的秘密
随着人们的追问
流浪汉说自己昨天
在路上行走时
被人打得当场昏厥
等待慢慢醒来
路面就发生了变化

至于怎么变的
为什么变的
他也一无所知
大家好像一下子
明白了点什么
齐刷刷沉默不语
赶来的养路工很是担忧：
今天修好了道路
明天它又是咋个样子呢？

早　晨

鸟的声音告诉我，早晨是
绿色的。把刚才的睡梦过滤一遍
事物开始蠢蠢欲动，我努力
将一切摁下去，摁下去
而耳边忽然出现了幻听，哦鸟的声音
告诉我，早晨不仅仅是
绿色的。早晨的新鲜汁液
在空气里弥漫；窗角的塑料花
一朵朵怒放；细碎的阳光洒在床单上
像爱的痕迹。我伸出手掌
紧紧抓住鸟的声音，梦的声音
紧紧抓住一个名字的翻滚

从凌晨五点钟开始

越来越奇怪。这段日子
我想起她，是从凌晨五点钟开始
我深知她的睡姿，深知她的梦呓
只是不清楚，她这会儿的脸颊是向上
或是向侧；只是不清楚，她的潮
此刻还有没有泛滥。到了五点三十分
我翻看她白天来的短信，语言干净利落：
“亲爱的，我想。”我立马翻过
害怕身体掉进深渊，不能自拔
挂钟响了，六点钟本是起床的时辰
而我也放开她，把头缩进被窝，貌似一只
失意的海龟，进入沉沉的睡眠

在深秋

身体里的秋风越来越凉
有时觉得，胃仿佛是一只冰箱
啤酒倒下去，立马碰出声响
凝结成冰冷的石块。是应该
在体内架一支炉子了
这时候会不由自主想起她
这时候她必然会来生火
而我只需准备好燃料
就会有一阵熊熊大火，就会使
胃里的啤酒，立马风云突变
在越来越深的秋天里
我已是醉不堪言

交　谈

过去围着那张桌子，面对面
交谈。现在坐在长条椅上，面与面
对着黄昏的玻璃窗，寻找各自的话题
杏树的影子投进来，加重了
室内的分量；麻雀的声音
传进来，给两人的心情打分
没有任何主题，谈话时断时续
杯里的茶水波澜不惊，进进出出
但味道越来越淡……两人忽然
记起什么，同时将目光
盯向过去围的那张桌子——
它，正散发着幽蓝的光芒

构　想

傍晚的雨一阵紧似一阵。我在
大楼，听到膨胀的心发出收缩的声音
车辆的灯线从大街划过，行人把自己
安抚在伞下，而溅起的泥泞
仿佛逼近我的裤管。没有如期而至的人
此刻是否也正接受洗礼。当所有的企盼
化为乌有，仰出头，雨滴的敲击
词语般令我惊醒，哦，还有什么能
让我揪心。没有如期而至的人，也许
早随着雨滴如期而至，也许仅仅是
我构想的那个应该从雨巷里走出来的幻影

丈 量

一

岁月再长，也长不过
你的尺子。在教室的黑板上
你的尺子轻轻一按，宇宙迅速缩短
所有的风起云涌，随着粉笔末飘落

二

你把尺子一直带在身上
随时丈量自己。你要清楚四肢
这段日子有没有变化，更要了解脑袋里
水位上升了多少

三

当然，更多的时候
你盯着别人。用尺子测试
他一步登天的短，或者原地踏步的长

然后分析原理，写成论文

四

那天，你忽然对学生讲到自己
你说你不明白尺子了，把来之不易的爱情
丈量得分崩离析。你轻轻点了一下
课桌，尺子竟一折两半

早晨的空气透着潮湿

早晨的空气透着潮湿
小狗的尾巴耷拉着，跑得无精打采
行人的步子普遍放慢，好像承受着阻力
我忽然看到这是昨晚的梦境
在白天的延续，哦，昨晚的梦中
没有谁理我，一个人冲出重围
一边跑着一边哭泣，一如这
早晨的空气透着潮湿

四　月

我怀有难言的梦想，把阳光采集于掌中
体验炙手可热的快感
观看匆匆行人的步态仿佛舞蹈
愿意将蓝天撕下一角与之分享

我怀有一身绝技，把梦想还原为现实
在四月的湖水旁，我钓起游动的白云
让它静静散发成人间烟火

中年之学

她不知道怎样才能在瞬间之内
将一本书看穿。她看下去
那本书不存在；她看下去
书下面的桌子不存在
她看下去，桌子下面细弯的双腿
漂白的脚丫子，涂红的脚趾甲
正在上演一场中年秀
她努力视而不见；她看下去
地板上映出自己的脸
那是一张被生活过度浸淫
而又琳琅满目的脸
上面缀满密密麻麻的文字
她终于在瞬间之内，将一本书看穿

薄　雪

一瞬间让我产生幻觉，以为它是雪
它就是雪，有雪的飘舞，有雪的安详
让一个男人立在旷野，回到初恋
它把自己的每一瓣，开到极致，让他
历尽甜蜜和心酸。我甚至认为
它是为他诞生的，并且认为
它肯定敢为他而死。我这样想的时候
天放晴了，它真的不复存在，大地上
只留下他孤独的影子。它什么也不是

雨中的秘密

大雨忽至，他箭一样
射向旅馆的檐底。在雨幕前
他品尝着空白

他品尝着孤寂
渐渐地，在能辨出雨滴的瞬间
头顶的窗口传出叫唤的声音
那完全是幸福的声音

雨幕再一次拉住天际
也拉住了他的耳道
紧闭双目，他开始梦幻的旅程
那完全是幸福的旅程

大雨骤停，一切都已恢复
檐底的电灯亮了，他有些
猝不及防，神情迷乱

小区公园

从高楼望下去
小区公园里
只有一个老头在舞剑
那一招一式
给雨后的黄昏
平添了几分亮色
我知道
再过一会
这个老头会乘着电梯
仿佛归来的武士
面带笑容和倦意
走进我们的房间
但此刻
他简直是小区的神仙
手中的剑
缓缓指向
东西南北方
小区里的灯就一一地
亮了

感冒记

我将雪片揣进衣袋，将寒冷
纳入体内。我把呼出的玉兰花
植在空中，啊，转瞬间它就枯萎。

我老老实实呆在温室里，静看
十一月的阳光鬼头鬼脑，像做错事的
孩子，一溜烟拐过墙角。

而白日梦仿佛一场隐秘的约会
使我流连忘返。直到药片再一次
以尖锐的力量唤醒我，我不自然的
诡笑令人生疑。

是的，从来没有
这样的感觉。呆在温室里
从左手到右手，从我到你——

乡村课间

孩子们是蹦跳的豆子，散落开来
我腋下夹着课本，手捏一根红色粉笔
径直走进她的宿舍。三分钟后
我的粉笔少了一半，五分钟后
粉笔仅剩三分之一。我对着她的头发说话
声音仿佛朗诵，又仿佛鸟鸣
门窗外的孩子哄笑，我用尽
最后一节粉笔。十分钟后
孩子们一个个大花脸，拥入教室
我在讲台上哗哗翻动课本
流水动听，她的宿舍鳞光闪闪

我的草原

你的连天碧绿使我眩晕，我的四蹄
怎敢轻易践入一步。但我是充血的小马
花草的香气拍打我翻滚的青春
我大胆啃下第一口青草，草叶上的露珠
在唇边来回滑动，映着朝晖抖落
我的草原，如今我已是一匹温良的老马
我的四蹄，踏过了多少大好河山；我的
子孙，个个骁勇善战。而你
仍固守在遥远的鄂尔多斯，一个如梦如幻的地方
你的茂密如常，你的露珠如常
我独对长河落日，打着响鼻，啃着盐巴
静听风声轻轻划过我的草原

风吹着后窗户

这是北风，吹着我们卧室的后窗户。
窗框上钉的塑料布扯开一道口子，风
正好钻进来，吹得窗扇发出声响。
报纸上说今年春天沙尘天气比往年要少
但终究还是来了。那细小的沙粒先是
看不见，当我们意识到什么时，被褥上
已铺满一层。长期以来，两个人在卧室
度惯了平静日子。拥抱，睡觉，梦中微笑
并不曾被干预。也许干预也不觉得。
而现在，这是北风，卧室的后窗户
一直响着，像一种打击；细小的沙粒
不断落下，像一种侵入。我们突然失去
足够的耐心。两个人在翻身的瞬间，凝视对方
又收回彼此的目光。仿佛我们的
生活，也同样出现了漏洞。

又一个早晨

雨滴并不盛大，但异常密集
雨滴把早晨搅成了一锅粥，各种各样的
生活的味道从中飘出来。人们练习
横冲与直撞。被雨滴
绊倒的人，在泥泞中失声

街道原本狭窄，有些清冷
这会儿居然变得宽容，这会儿
吸纳的事物越来越多，这会儿
大家不知是躲雨，还是招惹雨
与天空的纷乱遥相呼应

这会儿的我，在一家早点店
吃早点。早点店拥挤不堪
我要的面包，在碟里越放越大，而
那杯鲜牛奶，越喝越多
我的肚子被潮湿泡得发疼发胀

雨滴渐无，空气中像有一片

腐叶飘过。街道正在恢复原样
一辆摩托车从积水划过，巨大的音量
仿佛带走了所有的东西。有一瞬间
整个世界竟没有一点声响

卷四　明媚的人

事 情

往往是这样
我们枕在事情上酣睡
当一觉醒来
发现事情已钻进了七窍
我们抖呵抖呵
有的事情跑开了
有的事情丝毫未动
有的事情往外飞的时候
顺便牵走我们的手
我们就开始在空中游荡
一阵风吹来
我们跌在了土地上
那更加博大的事情的怀抱

过林荫的时候

过林荫的时候
我逃起来

无数树影
压在我身上
挥洒着
杂乱的情感
一棵老树
伸出虚幻之手
拦住我
要叨叨叙述
百年来的
耳闻目睹

我气喘吁吁
将心掏出
铺开
证明它
　　薄如蝉翼

过林荫的时候
我逃起来

几　年

几年像一节一节竹子连在一起
它经受过风
经受过雨
当然也经受过阳光的抚摸
我们不能把它贸然砍断
几年意味着什么
究竟能做出什么
我们不必考虑得太多
只看看天空是否快要被戳破
几年里的呼吸太深
也许太累
每个人的泪水都溢出过眼窝
几年后能怎么样呢
几年快结束了
我们又要从岁月的胯下
躬身而过

首先的问题

你总是那样
倚墙而立
向我提出
首先的问题

我倒要想想
首先的问题
到底是什么呢
如一句谜底
藏在透明的纸中

往往这时候
你与我就僵持不动
首先的问题
看似简单
又很复杂

怀着一种神秘
你想从我的眼里

掏出这首先的问题
而我又向谁去领会这
首先的问题

天　歌

你总感到
天上有人唱歌

你不敢相信这是真的
你轻轻地站下
大地静静的
一丝风也没有

但你总感到
天上有人唱歌

你仰起头
你定定地望着天
太阳模棱地笑着
什么也没有

这是怎的
你心里老不踏实

你干脆不走了
向野而立
你仍是感到
天上有人唱歌

天下乌鸦

一只乌鸦
十只乌鸦
百只乌鸦

天下乌鸦
一齐飞在一棵树上
飞在一棵树上
一齐争宠

没有谁注意它们
人们视而不见
平静如初

“哇——哇——”
天下乌鸦感到委屈
委屈至极
便用一阵阵噪音
打破沉默

一个哲人从树边经过
指着天下乌鸦说
——一般黑

于是天下乌鸦
遂变成一片片
黝黑的叶子
落在人类的脚下

掌中之树

一棵树
栽在你的掌中

你的目光一碰树叶
便有鸟声

树越长越高
你渐渐感到
一种沉重

你整日呆在家里
哪里也不出去

今天在院内午睡
树訇然而起
顶天立地

而你再也没有起来
身子堆成泥土
绕在树根周围

梦　魇

首先是梦魇
在我的脑海里
占了一个小小的市场
它要出售一些幻景
但我无力全部买下

紧接着梦魇又
侵向了我的枕头
见我不再理睬
就恶狠狠地在我头上
栽了一簇白发

我难受得满头大汗
浸湿枕边

而最后梦魇干脆
漂浮在室内
在每一个角落
贩卖流言蜚语

使我墙壁上的美人们
一个个失去血色——

正在这危难之际
（我无可奈何）
电灯突然亮了
梦魇倏地飞去
地板上落下一层灰尘

风　暴

婴儿，镜中的婴儿
安睡在小小的床角

婴儿，镜中的婴儿
梦见妈妈的歌谣

婴儿，镜中的婴儿
不知道窗外有风暴

玉米叶子

你的身上长满了
玉米叶子
我在千里之外
听见叶子的声音
我在咫尺之内
听见叶子的声音
你的身上长满了
玉米叶子
我的手臂伸出一半
也成了叶子
我继续探入你深处
便有嫩嫩的玉米掉下来
便有清清的水银滴下来
你的身上长满了
玉米叶子
恍惚间
似有雷声袭来
我只好站在前面
牢牢地护住叶子

这时候
微风就轻轻拂过

偷袭月夜

我深入月夜
把子弹装进笛子里
我将偷袭月夜
今晚的大地又脆又薄
我不知道
前面那片林子里
会不会倏然飞起一只鸟
直啄我的目光
我难得的构想
足以使整整一个月夜销魂
我微动口唇
就有子弹跳出笛孔
我在静默中
就见一棵树轻轻倒下
月夜溅起玉片的声音

我与石头

一

那块石头在草丛中
做着那梦

我穿着一双草鞋
踏进晚风
我在那块石头上
静听虫鸣

那块石头在草丛中
做着那梦

二

虫鸣中带有花开的声音
虫鸣中带有少女的声音
虫鸣中带有月亮的声音

三

那块石头在草丛中
静听虫鸣
我在那块石头上
做着那梦

我在那汪草丛中
做着那梦

星之下

星之下坐着我。

我浅浅一笑
就有一颗新星闪现
我微微一叹
就有一颗流星陨落——

星之下坐着我。

炭

炭永远醒着
我用驴车把它拉进院里
它摸摸伤口
永远醒着

我抱着一堆干柴放在它的面前
然后招呼来小女儿
亲亲，你看爸爸怎样燃起火焰
给你取暖

炭在燃起的一瞬间
发出一声轻响
我正莫名其妙
小女儿说炭在笑呢

深冬的小院渐趋暖和
与炭相处
我们的心情
也像发蓝的火光一样

微风拂过

微风拂过　我们彼此发现
对方都是一片叶子

我们没有落去　但其中
那翠绿的部分
总被吹到另一片星光下

拾阶而上

一

昨晚，我睡在自己写下的
　一个句子上
黎明时
我不知怎么来到了这里

二

钟声响起
钟声是阳光的金色的碎屑
撒满石阶

三

相随的人们
都奇怪自己的脚底下
竟生不出
一点点声音

四

半途中有一个影子
牢牢挡住我
我干脆蹲下来
它又让开了道

五

头顶的那朵白云
隐隐约约
似在唱颂着什么

六

当我踏上最高的一阶
我觉得
这似乎不是我的目的
我的双脚已不知去向

银的消息

你独坐向晚的窗前
静待银的消息
洁白的茶杯　盛开的花朵

远方有树的影子
远方有大平原
寂静如一片墓地
你爱的人在那里经过
你爱的人将一首轻唱的歌子
锻打成银

天的那边
银将静静升起
银是如此美丽的一弯
微笑　致意
震颤你的内心
在它到来之时
你会不会倏然起立

北　方

腊月的雪歌

腊月的雪
下在我家的土窗上
下在我家的大黑狗的身上

（大黑狗身上的雪呀一片白色的迷茫——）

腊月的雪
下在我家女人的远眺的手背上
下在我家女人的银镯子上

（银镯子的雪呀开放在我的归途上——）

腊月的雪
下在我这好闯荡的汉子的胡子上
下在我这相依的大旱烟锅上

（大旱烟锅的雪呀飘向我家的方向——）

山王庄

虎在半夜醒来　虎在半夜醒来
一声吼叫　月亮便碎了
一声吼叫　月亮的碎片镶满村庄

虎御风而去西天
镀金的双目
最后一遍环视着村庄　吉祥的村庄

虎的英魂不散
男人们长着虎背　女人们生下虎子
一口气就吹绿了　这巴掌大的村庄

过　冬

把粮食缝进褥子，金子补进枕头
父亲你开始过冬

那只小老鼠你舍不得杀
它在你的花白胡子上做着暖梦

半夜里猫头鹰在窗前的叫声
让你再也睡不着

“下雪了，我的冬麦芽可美哟”
你嘀咕一句，翻了个身

黄　风

一声呼啸掠过

房屋飘忽了一下
房屋里的祖父的遗像
一动不动

一声呼啸掠过

天不知被刮到哪里去了
而天空的那颗太阳
掉在家里的小煤油灯上

走西口

在一片鸡鸣声中
兄弟们！向亲人告别

太阳还没有升起来
每个人打开坛，喝一碗老白干

在一片鸡鸣声中
兄弟们！向家门告别

太阳还没有升起来
每个人点一炷香，静静地燃

在一片鸡鸣声中
兄弟们！向故土告别

太阳还没有升起来
每个人的眼泪，都成为一块铁

两块竖立的玻璃之间

两块竖立的玻璃之间
穿过一片阳光

我从远处看到这个景象
我还看到
两块竖立的玻璃之间
正飘着一片绿叶

这个景象
我又看到
少女的脸
（可不正是吗）
两块竖立的玻璃之间
少女的脸
在那个空间

我无法走进那个空间

这座山

这座山
什么时候停在我的眼前
在我的梦中
这座山
乘一阵雾而来
当我欲爬上去
这座山
倏地便消失了
而我醒来后
这座山
却停在我的眼前
真不知该怎么办
这座山
我是一直爬上去呢
还是把它收回梦中

赞美诗

让我吐出全部的牙齿
让每一颗牙齿都开出一朵花
让每一朵花都散发出你的名字

让你美得死！

门帘飘飘

门帘飘飘

那个姑娘进来了
带着一只小花狗

门帘飘飘

那个姑娘不停地笑
那只花狗不停地叫

门帘飘飘

那个姑娘出去了
带着一只老花狗

清清小曲

夏天的水清清
夏天的风清清
夏天的爱情也清清
我的小女儿叫清清
一只手挽着清清的爸爸
一只手挽着清清的妈妈

山中简单的一夜

我住在简单的可以眺望的地方
月亮从我的掌中跃出去
唉，那个月亮
总是那么匆忙

那莹莹的水珠
从小小的草尖
一直行进到我的唇边

现在可到深夜
果实落地的声音
令我湿润

而不安的还是不远处的你
我认不清你这幼弱的东西

十 月

从这边过去，十月的钟
挂在那里。一个红脸汉子
正使劲地敲它。于是从钟里撒下来
五颜六色的粮食。于是一大片歌声
从四面八方涌来，扎进粮食里
于是粮食铺成了一条川。一条川
一群红脸汉子泗泪滂沱，在
明晃晃的阳光下，赤裸地跳着

塔

那座塔
曾为远方的炊烟而心碎
当雁群叫远了天空
那座塔
在明月下开始缓缓走动

白　羊

我的房屋
我刚刚跨出门槛之后
就轰然倒塌

所有的房屋
在他们还没有跨出门槛一步
为什么就倒塌

世界这片废墟之上
我一个人
在寻找房屋
一只白羊跑来
欧，我是不是你的主人

明媚的人

明媚的人
雪是他唯一的宠物

如果炎热的夏季
明媚的人
我们与他对话
而这纯洁的回音
来自遥远的雪峰
明媚的人
把头颅搁置在雪峰上

我们沐浴在他的影子里
明媚的人
在冬日里用雪照彻我们
曾几何时
我们差点淹死在雪里
他又用雪拯救了我们

明媚的人

张开他的手掌
叮咚　叮咚
那是雪片吗
那是我们与雪片共舞
明媚的人
站在另一个地方

高　楼

大街上一座白色的高楼
像我女儿图画本上的一样
在静静的阳光下
敞开一个个窗口
像我女儿图画本上的一样
我伸出手掌
从一层楼摸到三层楼
再摸到六层楼
像我女儿图画本上的一样
我一下子就把整座楼
装进了书袋

蓝　布

睁开眼睛
你从蓝布里出来

你想不起自己睡去时
盖的是什么颜色的布

你通身发蓝

蓝天
蓝鸟

你将蓝布分给树下的孩子
透过莹莹的目光
有一种更深的蓝

拐弯，再拐弯

我要去一个地方
我已走了五里路
在一个长满野草的土墙边，拐弯
遇见一个疯女人
朝我做鬼脸
并且发出怪异的笑
晦气，又经过一个
落满野叶的土墙边，再拐弯
那个疯女人再次出现
伸出两个黑指头，一开一合
我不解其意
它干脆用指头
指着我的下部
晦气，我抱头鼠窜
但我想起来
我要去的地方，就在这里
我背在身上的画夹
已经气喘吁吁

自　然

四月天
你出来混
你嗅嗅天空
你嗅嗅泥土
你把自己的身子自上而下摸了一遍
呀，你摸到了颜色
你的手一阵颤动
这种颜色就滋长在四周
你怀疑自己是否会成为一滴泪
要溶了进去

砍　伐

用我的手
砍伐一部巨典：

白云大片地飘来
花朵深深地呼吸

哦，一滴水
一粒火
你们那样快速归于寂静
又归于永生

而我在唱歌
用我的手
用我的身躯
砍伐吧（一座人类智慧的
黑森林）——

直到我剩下仅有的骨头

成　年

我从雨地里长大
我跑进一间纸房子

一对做爱的男女一跃而起：
房子要湿了
房子要倒塌了
他们转眼间变为两根房柱

（雨在外面下着
纸房子牢不可破）

我成其内的主人
抚摸着两根房柱
难以走得出去

遗　产

临死前　父亲干的
最后一件事是
割下自己的皱纹
粘贴在儿子的额头上

我试图把生活放进一杯水中

我的手掌上放着我的妻子，我的孩子
我生活的全部

重于泰山
轻于鸿毛

人们有时找不到我
人们有时只听到我发自远方的呓语

我的手掌舒展，弯曲，舒展
像一种苦难的幸福

我试图着把生活放进一杯水中
然后在一旁微笑，睡眠

足球场轶事

整整一个世纪
足球场空无一人之时
都旋起一场风暴
整整一个世纪
足球场只有一个观众
一个翻手为云覆手为雨
的观众
整整一个世纪
足球场上空飞扬着一只脚
从东方到西方
从南方到北方
人们把这只脚唤作足球
整整一个世纪
足球场上的足球
如一枚白色的巧克力糖
全世界都津津有味地嚼着
嚼着
满嘴全是
脚臭

滚　动

变　化

看望罢病人走出医院
你才猛然发现
礼物还提在自己的手里
准备再度返回
你却嗅出
礼物已开始变霉

逸　事

贫穷的年代
他在一次发火时　咬碎了
刚在牙医那里补上的牙齿
咦　怎会是玉米粒儿
他转怒为笑　这正好充饥

东施新传

东施在昏暗的包间里发迹后
做了漂亮的整容手术
她和西施在大街上相遇
指责西施："你这东施，
都什么年代了，还在效颦？"

无　题

他老远就冲着你笑
这是从来未有的美好情景
你好不感动
笑着笑着走过来
你迎上去后毛骨悚然
他已精神错乱了

仇人相见

仇人相见
他一记耳光打过去
倏地把手抽回：
他的五指全断了
那是一具貌似仇人的石雕

花　儿

精神病人挥着麻袋
收集漫天的雪花
他自言自语：
花儿献给她
花儿献给她

骑手的变奏

决定骑手命运的时刻到了
但谁也不曾料到：
悬崖勒马的一瞬
骑手会从马背上腾空而起——

面对跨世纪

面对即将跨越新世纪
一只蚯蚓从泪水打湿的泥土里钻出来
惊讶于人类为什么会这般激动
尔后它头也不回向前跃去

早晨的愿望

早晨是一片带水汽的荷叶，没有风
清脆的街道上，我不由自主地颤动了一下
漂亮的小飞虫从我的体内飞出
一瞬间消失在空气里。而我的

那只熏伤的眼睛，（曾经黑白不分）
在红色亮点一闪之后，豁然开朗
不远的角落里仍有暧昧的声音
像一桶浆糊，最终还原成水

公共汽车从儿童们的胳膊腋窝里驶出
而后又在他们伸出的小手掌中停下
街道成了白色少女口中的泡泡糖
忽大忽小，（但不会迸裂），带着几许香甜

突然产生了某种愿望，我该怎么命令
自己的双脚，不要轻易走出这个早晨！

启　示

一棵树上建起一座工厂。一棵树
最后只得离开土地，被风逼得走投无路
颓然倾倒在河滩
而孩子在破损的枝桠上游戏，晚上

做着可怕的噩梦：手和脚变成
黑熊的脚掌，猎人的双管猎枪
正在瞄准：孩子哭醒了
手和脚都隐隐作痛

孩子再次来到河滩，树身上
满是聒噪的乌鸦。“它们如此兴高采烈”
孩子用石块喂饱乌鸦，让它们飞走

然后，孩子在河滩上掘坑
直到掩埋完一棵树（一座工厂）
寻找的人发现：孩子不见了，眼前的人已白发苍苍